谷雷 著

妈河

北方文艺出版社

图书在版编目（CIP）数据

妫河 / 谷雷著. -- 哈尔滨：北方文艺出版社，2020.4
 ISBN 978-7-5317-4720-8

Ⅰ．①妫… Ⅱ．①谷… Ⅲ．①诗集－中国－当代 Ⅳ．① I227

中国版本图书馆 CIP 数据核字 (2020) 第 012384 号

妫 河
Gui He

作 者 / 谷雷	
责任编辑 / 富翔强	装帧设计 / 树上微出版
出版发行 / 北方文艺出版社	邮 编 /150090
发行电话 /(0451)86825533	经 销 / 新华书店
地 址 / 哈尔滨市南岗区宣庆小区 1 号楼	网 址 / www.bfwy.com
印 刷 / 武汉市卓源印务有限公司	开 本 /880×1230 1/32
字 数 /45 千	印 张 /8
版 次 /2020 年 4 月第 1 版	印 次 /2020 年 4 月第 1 次印刷
书 号 /ISBN 978-7-5317-4720-8	定 价 /58.00 元

目录

妳 河 1

仙 花 2

猪 3

元宵节 4

臭豆腐 5

寻 佛 6

春 夜 7

收到的诗集 8

雨中的玉兰花 9

温 泉 10

春雪的誓言 11

早春的夜 12

田 埂 13

偶遇小草 14

土 地 15

康庄的春天 16

春 天 17

快乐的山 18

没有春天的春天 19

清 明 20

蜜　蜂	21
脚丫子	22
秋　天	23
树的梦想	24
黎明之前	25
故乡的月亮	26
不打扰相逢	27
离开你，我不后悔	28
秋　夜	29
自画像	30
秋润妫川	31
致秋叶	32
我	33
秋	34
流星雨	35
生　活	36
拒绝天堂	37
七夕节前的蝴蝶兰	38
八月的雨	39
画　面	40
青玉米	41
露	42
生　活	42
黄　昏	43

偶遇初恋 44

雨 44

小舟的一生 45

大排档 46

美 47

秋　收 48

高　考 49

夏天落的树叶 50

月　夜 51

罂粟花 52

我和韭菜 53

星　空 54

伞 55

窗外，窗内 57

清　晨 58

柳　絮 59

五月槐花香 60

离开你，我不后悔 61

生　死 62

康　庄 63

问　花 64

一片落叶 65

提前到来的盛夏 66

雨 67

玉渡山美景之忘忧湖 …………………68
流水回头 ……………………………69
群众演员 ……………………………71
疯狂生长的时代 ……………………73
未来的农民 …………………………74
康庄的风 ……………………………75
沙　漠 ………………………………76
我的夜 ………………………………77
黑夜与星星 …………………………78
迷　茫 ………………………………79
年　轮 ………………………………80
残疾人 ………………………………81
杏　花 ………………………………82
乡　土 ………………………………83
"五四"青年节 ………………………84
蜜蜂与鲜花 …………………………85
种　子 ………………………………87
爱　情 ………………………………88
火　山 ………………………………89
草 ……………………………………90
深夜，我在思念远方 ………………91
地丁花 ………………………………93
又到情人节 …………………………95
卢沟桥的狮子 ………………………96

火　炬 97

冬　夜 98

致云朵 100

我是一粒沙 102

世园会的锦鲤 104

登玉渡山 105

过　年 106

远山的希望 107

遛弯儿 109

家 111

盼望春天 113

春　天 115

悲　哀 116

糖果、诗集和我 117

诗人的生活 118

生　死 118

下雨的日子 119

遥远的丁香 121

那达慕 123

一只飞蛾 124

风从故乡来 125

夜色把我染成米勒 126

欢　乐 127

雨，让世界脱去伪装 128

· V ·

冷眼观世界	129
英雄墨翟	130
蚊子的故事	131
伏天的夜	132
致女儿	133
脚　印	134
燕山天池	135
"五四"青年节	136
"五一"劳动节	137
我和空气	138
情　话	139
我是谁	140
海岸	141
端午祭屈原	142
想念父亲	143
求	144
家乡	145
海　坨	146
酷　暑	146
聚　餐	147
月亮的心愿	148
冬末午后的一场雪	149
深夜观雪	150
电力工人	151

爱 152
款冬花 153
沙粒的愤怒 154
沙的夜 155
迷　茫 156
饺　子 157
时间是燃烧的森林 158
情　人 159
梦 160
因　为 161
晒衣服 162
读　书 163
迷　茫 164
雨中漫步 165
影　子 166
园　丁 167
稻　田 169
秋？秋！ 170
游房山十渡 171
秋　叶 172
美　好 173
追　求 174
愿　望 175
盐 176

玫　瑰 177
爱与不爱 178
一只白天鹅 179
神奇的女子 180
把自己卖掉 182
登应梦寺 183
爱的结果 184
七月的妫河 185
早 186
蒲公英的种子 187
夕　阳 188
风的生活 189
情人节前致牡丹 191
雪 192
辩证法 193
爱 194
梦 195
我不想 196
今夜的月亮 197
神奇的买卖 198
正月初八·小雪 199
早　春 200
窗外的一盏路灯 201
游世葡园 202

松　果 203

月是故乡明 204

谷子颂 205

致我的爱人 206

学　校 207

弯　月 208

狗 209

雨夹雪引起的非议 210

花的自白 211

2019年夏都的春天 212

致橡胶树 213

风的誓言 214

延庆花海 215

海角，天涯 216

登万宁东山岭 217

游分界洲岛 218

椰子，椰树，椰林 219

飞机舷窗外 220

海口印象 221

两棵橡子树 222

白露化水滴 223

曾经从夏天走过 224

为不是英雄的英雄鼓掌 225

秋 226

无 题 227

站成树 228

猫头鹰 229

建军节之前 230

水 231

空 气 232

月 亮 233

水云间 234

年 235

巢 236

写给春天 237

对未来的遐想 238

六 月 239

鱼的抗议 240

生 活 241

母亲颂 242

巴黎圣母院的火 243

妫 河

你看到

大江东去

我看到

妫河西征

你看到

生命逐渐老去

我看到

人生返老还童

有黑暗就有光明

有失败就有成功

遥看着

奔腾的妫河

那就是

最好的证明

仙花

冬至的厨房
云雾缭绕
慈祥的仙花
散发着浓郁的芳香
盼儿归
思念成了灰白的花蕊
愿儿强
祝福成了皱裂的脸庞
冬至的村庄
炊烟袅袅
慈祥的仙花
把锅碗瓢盆儿奏响
慈爱
是仙花的特征
孕育
是仙花的专长

猪

一只猪

高昂着头

在野兽群中踱步

炫耀他的肥大

炫耀他的重量

我要告诉猪先生

肥大不是强大

重量也不是力量

● 婀 河

元宵节

鞭炮发出呼唤的声音
邀请月亮来参加灯会
烟火努力地飞向空中
采下星星做成灯笼
上元的夜啊
没有了往日的宁静
我和月亮同行
一起观灯猜谜
我猜到太阳明天还会升起
月亮猜她过半月就会休息
我猜春天小草还会发芽
月亮猜中秋她还会值班
看着熙熙攘攘的人群
勤劳的人
永远能看到美景
也会成为美景

臭豆腐

臭豆腐很臭
吃的人很多
别人吃很讨厌
自己吃乐呵呵

世界上臭的东西很多
多到虚伪只是传说
一个不写臭字的人
被穿上无知的外套

孩童很小
还不懂臭的深意
不知道臭的好处
只知道奶香

寻 佛

沿着陡峭的山路
艰难地攀登
满眼的荆棘
滑落的碎石
阻挡不了我的追求
见到了当下一念
向上很难
几十年只走了几步
留下的脚印
已经长成了菩提树
攀爬很累

山告诉我已不再年轻
流下的汗水
也写成了佛经

终于见到佛

忘记了过去、现在、未来
从此吃素、放生、供灯
有了信仰
荆棘就是风景
山路变成坦途

春 夜

我要把心埋进春夜
浇灌鲜血
长出红色的玫瑰
让爱的味道充满世界

这是孕育的季节
无数的心在悸动
生根,发芽,长叶
就是看不到结果

很想给最想的人打电话
千言万语不知道怎么说
很想给最爱的人打电话
又怕打扰她正常的生活

喧闹的春夜
小草在挖土
大树在唱歌
爱已经复活

● 炀河

收到的诗集

远方飞来的红酒
温馨的颜色
胭脂的味道
透着美丽泛着芬芳

小狐狸身上有微光
酥油灯点亮会泛黄
眼睛住进西城
心飞向高原远方

一口把红酒喝下
倒在江南水乡

雨中的玉兰花

风雨中有一朵玉兰花
高贵地开在树尖
在昏暗的阴云映衬下
白得靓丽耀眼

想到玉兰花
就只能向上爬
不管雨下
不管风刮

温 泉

温泉很热
热得凝固成棉花
躺在满池柔软的棉花里
感觉温度就像妈妈

温柔慈祥的低温池
热情似火的高温池
装满艰辛和成果的红酒池
我都体验过了

等待我的是冷水池
那里是我的归宿
那里也是你的归宿
那里还是他的归宿

那里很深
那里没有温度

春雪的誓言

没有，冬天的掩护
没有，严寒的保护
依旧，要染白大地
依旧，要净化世界
请梨花为我见证
请玉兰花为我作证
虽然
阳光可以消灭我的躯体
但是
消灭不了
我对美好的追求

● 妈 河

早春的夜

早春的夜真的很冷
不是寒也不是凉
因为
寒已经老迈
凉还没长成
抛弃炉火的人们
终于得到了惩罚
有些人盼春
有些人想冬
血被冷得将要凝固
心在时间的脚步下颤抖
雪拍打窗棂的声音
让冷露出了得意的笑容
回头已不能够
向前才是路

田 埂

历尽踩踏
柔软变成了坚实

经夏雨冬雪
赏春种秋收

偶遇小草

既然被小草绊倒
就投入小草的胸怀
对土地探索
对蓝天登攀
不再和风一起旅行
不再想,硕果累累的秋天
菩提树虽然高大
离我太远
这一刻已经太长
足够我诠释平凡
江南的清茶
塞北的花瓣
一瓶叫诗的老酒
把野草诱惑成了春天

土地

阳光透过树叶为她穿上花衣
野草默默地为她穿上戎装
小鸟对她不屑一顾
她照样为小鸟提供温床
鲜花到处炫耀自己的美丽
她只是默默地为鲜花提供营养
农民把她划得遍体鳞伤
她照样给农民提供食粮
虽然生活在最底层
有谁的胸怀像她那样宽广

● 焖 河

康庄的春天

雪花还在忙着
擦拭冬天的污垢
雨水已经忙着
开拓夏天的道路
有人说雪花守旧
也有人说雨水盲目
我要说
无论是继承还是开拓
都是有益的劳动

春 天

一缕被太阳遗弃的阳光

郁闷地落在荒原

大地上的枯枝朽叶

瞬间被点燃

冒出了绿色的火焰

被冰雪羞辱的山川

终于能够与春光相见

梨花露出了纯洁的笑脸

柳树也赶紧把自己打扮

小蜜蜂跳着欢快的舞蹈

穿梭在优美的画间

那缕被遗弃的阳光

终于感到了温暖

离开太阳

还有春天

● 妈 河

快乐的山

我知道
生活在房山的山
很快乐
不信你到十渡去看一看
那里的山
笑得满脸都是横纹

没有春天的春天

走在不是家园的家园
看着没有春天的春天
天空阴沉着脸
树木没有绿叶陪伴
斑驳的土地
距离鲜花
还很遥远

凄苦的雨
悲凉的心
还有躯体的孤单
浓稠的小河
凝固的血液
还有思维的涸干

没有了幻想
思维飞不到遥远
缺少了崇高的理念
哪里有我的春天

● 焖 河

清 明

那些死去的活者
不值得同情
没了追求
只不过是行尸走肉
在这个特殊的日子
我只向
活着的逝者
致敬，致敬

蜜 蜂

穿梭在人间的蜜蜂
总是在播撒花香
也许在守卫边疆
也许带来生的希望
也许为别人带来阳光
也许正在建房
也许在道路上奔波
也许在书桌前畅想
只要扇动翅膀
就会酿成甘甜的蜜糖

脚丫子

姿态已经不能再低
浑身上下都是谦虚
整天忙着亲近土地
已经忘了自己

从不大声说话
也不炫耀功绩
一生走过几万里
对鞋不离不弃

偶尔有些味道
那是勤劳的汗滴
哪怕身前再崎岖
身后也是足迹

秋 天

稻
成熟了
谦虚低头
果
成熟了
羞涩脸红
叶
陪伴着风
踏上旅程
我
陪伴着秋
守着凄凉

● 妫 河

树的梦想

冬日的阳光下
挺立着一棵树
借助着凛冽的北风
向花发出了召唤
一旦同鲜花结合
那就是明媚的春天

为了实现梦想
用风霜强健体魄
为了追求美好
用雨雪滋润容颜
挫折酿成桂酒
苦难造就蓝山

默默地挺立
是在积蓄底蕴
尖厉地呐喊
是对花朵的呼唤
严冬已经来到
芳春就在前方

黎明之前

黎明之前的大街上
我在缓缓地慢跑
迎面而来的汽车
明亮的灯光
照得眼前一片漆黑
想起心中的她
只有分离才能相遇
向着熹微的晨光慢跑
也许是跑向死亡
也许是跑向重生

● 娲 河

故乡的月亮

我知道故乡的月亮
冬天公正而坚定
覆盖着积雪
夏天美丽而矜持
当月亮升起的时候
树木繁茂的斜坡上
反思和表达
沉浸于语言之中
暗处偶见孤狼犀利的目光
深邃的黑
掠过开阔的池塘
黑色长在绿松树脚下
月亮请我看水
水流跳跃成纯净的小波浪
还有美丽的花园
想起了世界上所有的花……
谁知道月亮何时圆缺?

不打扰相逢

夜风的孕育

秋凉的催生

晶莹剔透

站在叶子当中

秋与露的相逢

冬季，春季，秋季有了香果

少年，青年，壮年有了蜜糖

有目标的努力

总会有结果

走自己的路

不打扰别人的相逢

因为

那是别人的甘露

● 婼 河

离开你,我不后悔

你是一朵玫瑰
总是那么高贵
为了得到你的一丝明媚
我把自己变得如此卑微
想和你百年相依偎
想和你红尘求一醉
可惜你已把我心揉碎
留下的全是苦涩滋味
在一起没有抚慰
在一起只有伤悲
我的心已百转千回
只能在梦里看到你的美
你给我定下了千万条罪
让孤独与我日夜相随
我的爱已无家可归
离开你我不后悔

秋 夜

敞开胸怀
拥抱着瘦弱的月光
告诉她
不要悲伤

敞开胸怀
拥抱着健壮的秋霜
告诉他
不要猖狂

静静地等待清晨的太阳
默默地想着树叶变黄
轻轻地托起鸿雁
目送它飞向温暖的南方
只留下
瘦弱、悲伤
和天上的孤独、彷徨

● 炀 河

自画像

天岁月犁开夜色
播撒上星星
道道沟壑里
流淌着昨天

秋润妫川

天更蓝
云更白
长风送晨雁
碧波弄晚舟
海坨山在雨后催蘑菇撑伞
妫河水在风中摇曳粉荷
谷子笑弯了腰
果子露出羞涩的脸庞
牵牛花吹起收获的号角
秋来了

晨曦初现
带露的花朵
摇醒梦中的小鸟
晨练的人们
跑出了康庄大道
夕阳西下
锣鼓的喧闹
吵醒了广场上的舞姿
皎洁的月光告诉我
秋来了

● 娲 河

致秋叶

站在熟悉的枝头
由绿变黄
季节茫然地重压下
逐渐枯萎
被滋润的理想
已经丰满
果实甜了
夕阳红了

我

我知道
今天会过去
明天也会过去
我知道
夏天会过去
冬天也会过去

我相信
风不会离开
阳光也不会离开

我相信
花谢还会开
大海不会干

我希望
自己站得高一点儿
更高一点儿

我希望
看到更大的世界
能够有更好的选择

● 灼 河

秋

穿着红色上衣,黄色短裤
到处游逛
天被举高了
万物复苏
被涂抹得漫山遍野
之后
婴儿就跑来跑去
凉露长成了冰霜
树叶的悲歌
随风而起
大雁把野草、谷物
装进行囊
和离别握手
和悲伤拥抱
高潮之后是什么?
秋后就知道

流星雨

八月十二日的夜晚
天空不断地下着流星雨
为爱痴狂
从天堂飘落凡尘
奋不顾身
光明衬托黑暗
燃烧自己
美丽的瞬间是一生的璀璨
还有……

夜空为你变得更黑
山峦为你羞涩隐身
你在天空等得太久
这一次
舒展着梦幻的羽翼
用轻盈的舞姿
驱散所有的雾霾
穿过岁月的风雨
尘埃落定

● 妈 河

生 活

生活过于丰满时
超高血压在勤奋地冲击大脑
晕眩
找不到方位

生活过于甜蜜时
尿也甜了
甜得
眼睛模糊

陋室的生活
半饱半饥
粗茶淡饭
养着不胖不瘦的身体

活着
才能朝有霞光
夕有红云

拒绝天堂

农历七月十五
地官赦罪的日子
盂兰盆是否倒挂
佛祖来决定
大脑里挤满了纸钱、水果、烟酒
祭祀先祖的冲动
摆满了祭台
帕米尔高原上的几个人
在庆贺丰收，酬谢大地
河灯在随波逐流
没有翅膀
上不了天堂
都说天堂很美
很多人向往的地方
他们去吧
那里肯定很拥挤
我拒绝天堂
只在帕米尔高原耕耘

● 妫 河

七夕节前的蝴蝶兰

从陈刚与何占豪的稿纸里
一一走出来
从吕思清的指缝间
一一流出来
娇柔的身姿
妩媚的容颜
多情的缠绵
神曲飘落人间
千姿百态
鲜花来到眼前
香风扑面

用相机留下你的娇姿
装入微信
发给远方
你要请假一天
与喜鹊结伴
到天上为鹊桥添彩
当牛郎拥抱织女时
你在他们身边翩翩起舞
吟蝶恋花
诵鹊桥仙

八月的雨

在酷暑难耐的季节
来一场酣畅淋漓的雨
夏用自己的性格
诠释了这片天和地
当黑夜遮盖夕阳的时候
雷公累了
已经入睡
雨的柔美
羞涩了星辰
蟋蟀开始上夜班
勤奋的树
不分春秋

不分日夜
长高,长高
既然梦想攀云
只能脚踩沃土
凉风迈着轻盈的舞步
掸去叶上的雨珠
嗅着花的香味
隐入黑色的幕布
闹闹走了
静静来了

画 面

傍晚

小区的小运动场上

一个萌娃

在蹒跚学步

总是走偏

总是到达不了目标那里

他的身边

一位老人

也在蹒跚走路

也在走偏

也到达不了目标那里

不同的年龄

一样的结果

这是时间的轮回

出生和死亡是一对伴侣

每时每刻都在结伴同行

青玉米

两朵花伞
开在碧绿的玉米地里
在盛夏的季节
饱含乳汁的玉米穗
这时的玉米是甜的
淡淡的甜
不腻人
生吃,熟吃皆宜
土地很公正
谁在春天播种希望
谁就会有收获
也许是盛夏的轻甜
也许是金秋的浓蜜
采摘的喜悦
只有种植的人体会更深
两朵花伞开在玉米地
更多的花伞
朝那里涌去
花伞的河流下
是海

● 婼 河

露

你向晨光告别
有了新的住处
诗心
你在那里永驻

生 活

夜晚
莫名其妙地摔倒
清晨
知道了原因

黄 昏

黄昏时看着夕阳西下

时间带来了色彩却要埋葬光明

太阳走了山峦还在

走的是那样熟悉

在的有些陌生

当红色遍体鳞伤时

黑色正渐渐丰满

喧嚣走了

寂寞来了

● 炀 河

偶遇初恋

她是如此富有
有职位,有夫君,有儿女
当然还有脸上的皱纹
我问她缺啥?
她说
缺我

雨

你是眼泪
让悲伤知难而退
苦难不再回归

你是眼泪
让成绩长得更肥
熠熠生辉

小舟的一生

一叶小舟
无虑无忧
漂在河里
轻松自由
为了梦想
到海中闯荡
狂风暴雨里
迷失了自己
惊涛骇浪中
没有了方向
终于来到港湾
可惜没了船桨
破碎的身躯
再也难以起航

● 婗 河

大排档

盛夏的大排档
人来人往
音乐震耳,烟雾缭绕
老板痛恨寂寞
把它剁碎
穿入竹签
架在火上烘烤
我也痛恨它
一个人坐在角落
买了几串
咬牙切齿地把它品尝
就着啤酒咽下
啤酒的苦涩味道
流到心里
先是心冷
后是神伤
最后是悲凉
赶紧回家
把棉被披上

美

美好的意境

善良的语言

镜子

高高挂在天上

从此

大地上有了丑

也有了恶

佛

不知在哪里

冷眼旁观

默默地看着

万物生长

● 灼河

秋 收

火热的季节
燃着黄色的火苗
把大地烤成了金色
一望无际的湖泊
荡漾着财富的波浪
雷在呼喊
雨在催促
赶紧收割
农民在土地上
汇流成河
镰刀成了弯月
汗珠成了麦粒
收割着幸福

高 考

长了十二年的果子
终于要收获
不论是绿是红
也要摘下
不论是酸是甜
尝了再说

四十年前的仙桃
已变成烂果
留下的只是名称
至于味道如何
难以言说
蜂蜜兑水太多
淡成一条大河

● 蚂 河

夏天落的树叶

夏天
一片树叶悄悄飘落
等不到秋风
看不到白雪
是生命，是事业
还是其他更多
是的
它是在骄阳似火的日子飘落
尽管来得早些
也是一种结果
从此
土地长出一棵新的小苗
叫夭折

月 夜

月亮在天上
冷漠的目光
注视着我
还有树和花
树叶流着眼泪
滴答,滴答
这是唯一的喧嚣
得不到同情的眼泪
最是廉价
热情会把它蒸发
同情会令它升华
一片心形的叶
轻轻落下
孤独找到了家

罂粟花

纤柔的身躯
艳丽的脸颊
人们叫你罂粟花
漫天的诅咒
无边的谩骂
让你应接不暇
没有人想起你是药
做食物也佳
没有圆满
于是活在当下
万物皆有因果
生活也有冬夏

我和韭菜

晨光初露的时候
狂风来了,遮挡
种下韭菜
暴雨来了,排涝
浇水,施肥,打药
大雪来了,建暖棚
那么矮小
收割一茬
那么纤细
还有更茁壮的长出来
收割一茬
仅够打牙祭
夕阳西下的时候
不再种韭菜
艳阳高照的时候
只享受
种下韭菜
收割的成果

● 灼 河

星 空

寂静的夜空

有几颗星星在闪光

无声的话语告诉我

他们决定不了自己的出生

就决定死亡

把握自己的命运

是他们追求的最高理想

仰望星空

我明白了他们为什么

那么明亮

伞

闪电抽打云团的时候

雷总在帮腔

困苦的眼泪再多

也落不到我的身上

头顶的伞

帮我解决挫折疑难

总会让我茁壮成长

太阳肆虐天空的时候

箭总在发光

恶语刺激再多

也不能把我中伤

头顶的伞

帮我拦下闲言碎语

总会让我安然无恙

● 妫 河

如今伞远在天堂

我这个失去伞的孩子

已经长出了翅膀

自由地在天空中翱翔

拥有了保护的力量

祈愿我的伞

可以安心进入梦乡

窗外,窗内

窗外
名叫朝霞的姑娘
款款地向我走来
窗内
一支叫笔的精灵
静静地趴在桌上
望见窗外
朝霞轻浮地
对每一个人都微笑
看着窗内
笔忠诚地
守候在我身旁
窗外窗内
共有独有

● 婑河

清 晨

清晨就是开始
就是太阳初升
种子伸出第一片叶子
树木长出第一枝嫩芽
孩童迈出第一步
也许是不成熟的想法诞生
鸟的子女唱出了歌声
蜜蜂振动翅膀发出了共鸣
河水冲走寒冰
山的绿衣刚长成
风怀揣黄沙去旅行
云愁眉苦脸发出了雨声
万物都有自己的清晨
每个开始皆表现不同

柳 絮

出生就是柳絮
命运把它抛弃
虽然有风作为知己
不知和谁相偎相依

外表轻浮
让人心生嫌弃
没有根基
觉得软弱可欺

也许有一天
把根扎下去
你会看到
它原来是一片绿

● 妁 河

五月槐花香

春风用尽最后一丝力气
把季节推进了五月
绿叶终于可以
捧出珍藏了一年的槐花
温暖的日子里
白色的语言不仅是白
还有关怀的含义
无暇和牡丹争艳
没有时间关心郁金香的外衣
埋头把蜜蜂抚育
让平凡和伟大相依
母爱融入茶香
变成美酒
醉倒了无数首诗
槐花的慈祥
让五月成了对母亲
美好的赞美

离开你,我不后悔

你是一朵玫瑰
总是那么高贵
为了得到你的一丝明媚
我把自己变得如此卑微
想和你百年相偎
想和你红尘一醉
可惜你已把我心揉碎
留下的全是苦涩滋味
在一起没有抚慰
在一起只有伤悲
我的心已百转千回
只能在梦里看到你的美
你给我定下千万条罪
让孤独与我日夜相随
我的爱已无家可归
离开你我不后悔

● 婑 河

生 死

黑暗包围着我
没有声响
没有"有"
我已死亡

稿纸上的小诗
告诉我
不
你还活着

康 庄

一个很普通的小村庄
不论我走到哪里
它都是我的行囊
因为携带它不需要力量

尘土飞扬
那是古老的岁月在流淌
狂风大作
那是新时代在证明自己的健康

我经常会呼唤它的名字
让世界记住还有这样一个村庄
我因为它而骄傲
它因为我而自豪

我咽下过全世界的
炊烟和暮色
却固执地选择
把骨头埋在康庄

● 婉 河

问 花

千百次叩问鲜花
哪里才是你的家
你自豪地回答
近在情人的眼中
远在天边的云霞
梨花带雨
梅花映雪
东边日出西边雨
夏有娇媚冬有羞
心中有画笔
世间皆春夏

一片落叶

清晨
有一片叶子轻轻飘落
引来小鸟围观
品头论足,七嘴八舌
悲伤的只有大树
全身的露珠流成了小河
是的
本来应当在秋天飘落
选择在夏天离开
至少可以懂得
什么叫英年早逝
什么叫半路夭折

既然决定不了出生
那就决定自己的陨落
用生命宣誓自己的主权
不知是对是错
反正做了

清晨
有一片叶子悄悄飘落
得到了霞光的关注
浑身染成了金色
成了佛口中的世界

● 妁 河

提前到来的盛夏

窗外热情如火

屋内温暖如春

这一刻

我需要冷静

拒绝热情的诱惑

不能再存活

盛夏当然可爱

她是一朵恬静的野荷

让池边的垂柳投入怀抱

迷醉了沉鱼

煮沸了情人的眼波

热变成火的时候

感情化作灰烬

给予适度需要

过量就是折磨

雨

窗外的雨　　　　　　我坐在屋内
下得酣畅淋漓　　　　祝福姑娘
那是盼爱的姑娘　　　懂了爱的真谛
喜极而泣　　　　　　祝福鲜花
家乡的土地
到处开遍鲜花　　　　想走出屋外
久旱逢甘霖　　　　　和戴望舒
终于得到雨的滋润　　一起漫步雨巷
一起在江南观赏丁香
一起结识那位愁怨的姑娘

● 妫 河

玉渡山美景之忘忧湖

虽然你高高在上
我依然对你充满了渴望
终于见到你的容颜
原来你是江南的那位莫愁姑娘

白天你畅想蓝天白云
夜里你拥抱玉兔嫦娥
无忧无虑的生活
引出多少相思遐想
如果我是陶渊明
也会依偎在你的身旁
成为一位散仙
站在万花丛中尽情地歌唱

流水回头

假如流水能回头
我愿和你一起走
如果你是清流水
我就是一叶小舟
我知道你喜欢自由

假如流水能回头
我愿把你挽留
让所有人羡慕你
没有烦忧
请你接受我
我愿陪你把生活享受

假如流水能回头
我要把你拥有

● 婉 河

即使你已白头

我还要和你相守

当夕阳西下的时候

我愿陪你四处漂流

群众演员

在北影厂门前
总是有成群的群众演员
他们希望能扮演角色
能被经纪人发现

有的是为了生存
有的是为了梦想
还有的是因为没事可干
到这里来打发无聊的时间

工作时间长了
已分不清剧里剧外
剧里的光鲜亮丽
剧外的生活艰难

● 妈 河

　　我经常会望着他们
　　想象我已融入他们之间
　　如果人生是一场戏
　　你我也只是群众演员

疯狂生长的时代

朋友来和我相聚
我提议去果园看花
来到果园
梨花已经开败
海棠花正在盛开
一个老园丁
正在修剪果树枝

正是春天
果树正在疯狂生长
长出的枝条有益有害
剪掉有害的枝条
留下有益的枝条结出果实
因为我们在
疯狂生长的时代

● 妁 河

未来的农民

在实验室叩问土地
爱有多厚,情有多深
在摇椅上观测云朵
风的遐想,雨的相思
月泉乳对种子的孕育
浦江水对禾苗的关怀
山坡种着相思树
池塘长出菩提莲
聪明的互联网帮我打理一切
我只在家中作画写诗
千年的缘还会继续
百世依恋自己的根
你问我是谁
我是浦江未来的农民

康庄的风

西伯利亚的远方
历尽千辛万苦
终于到了尊贵的北京身旁
感觉自己也成了高大上
再也不思进取
决定长住康庄
变成一位酗酒的汉子
偶尔睡去，偶尔张狂
来自蒙古的黄沙会主持公道
奋不顾身地扑入风的口腔
风再不乱喊
学会了驯服，露出了慈祥
伸出温柔的手
抚绿了大街小巷
给四周的田野
穿上了五彩缤纷的衣裳
紫色的葡萄，红色的苹果
风一律把它们吹成果香

● 炀 河

沙 漠

无边无际的沙漠
没有树木,没有草
更没有水
有的只是天空中的太阳
和远方的希望

行走在沙漠的人们
有的走出了沙漠
有的被别人领出了沙漠
当然还有人
永远留在沙漠

沙漠的边缘
不仅有树木有草
当然也有水
还有爱情事业
和所有的梦想

我的夜

我知道

没有人会听我倾诉

上帝太忙了

人们太累了

苦难是一杯美酒

夜深人静的时候

只能就着自己的眼泪喝光

我知道

没有人会给我同情

佛忙着普度众生

人忙着追求长生

孤独是无边的夜色

擦净我的眼睛

才能看清前面的光明

● 婀 河

黑夜与星星

既然有黑夜存在
当然有星星眨动眼睛
那无边的黑暗
不会对星星有任何同情
星星纯洁的眼神
让黑夜无地自容
微弱的光明
在黑暗中顽强求生
黑夜喜欢安宁
星星会默默抗争
如果霞光驱走黑夜
星星自然会隐迹销声
哪里有黑夜汹涌
哪里就有星星抗争

迷 茫

我很好奇
夜每天来找我先迈哪只脚
我很好奇
夜为什么总披着黑色的纱
来自星星的我
有人说我是爱迪生
或者天才
有人说我是诗人
或者无知
我不知道我是谁
我的心也不知向何方
当心没了方向
旅行就变成了流浪
流浪，流浪
把梦想当作希望

年 轮

那是树的日记
上面记录着回忆
有成功的喜悦
也有失败的印记
有青春的跃动
也有老迈的气息
再丑陋的木桩
也会有美丽的木纹
默默地述说
过往的经历

残疾人

岁月的车轮

把痛苦的肢体碾碎

只留下带着美好的躯体

在运动场上

奋力狂奔

观众的掌声

不断响起

虽然记忆是残缺的

至少跑道是完整的

朋友

上场吧

你有完整的肢体

鲜花,掌声

应该送给你

● 妈 河

杏 花

没有玉兰的高雅
也没有梨花的纯洁
没有桃花的艳丽
也没有牡丹的雍容
在开花的季节开花
给蜜蜂带来甜蜜的生活
在结果的季节结果
让孕妇的口水流成小河
朴实的生活
就是一首平凡的歌
唱香了春风
唱美了花朵
淡粉色的云
无声地从人间飘过
既然来到世上
就要完成自我

乡 土

曾经的那片土地
阡陌纵横，鸡犬相闻
还有青山绿水
只因为长不出人民币
被强行
和愚昧贫穷做了孪生兄弟

如今还是那片土地
农家乐，乡村游
富民政策带来喜气
长出了美元还有澳币
出落得亭亭玉立
和温馨富足成了姊妹

"五四"青年节

那个季节
还有着春天的萌动
当玫瑰进入血管
流成了岩浆
所有的枯枝败叶
化成了灰烬
燃烧出了
"五四"青年节
既然世界还有阴影
玫瑰就要常开
让芬芳驱逐腐气
清新洒满人间

蜜蜂与鲜花

在这个美好的时刻
我强壮
你美丽
你拥我入怀
我拥有了你
在你最娇媚的时候
我体验到了甜
虽然只是短暂的相聚
芳香和蜜糖

让我们倍加珍惜
也许有一天
你枯萎
我死去
曾经的拥有
是美好的记忆
把握好每一天

● 婀 河

　　时刻给自己鼓励
　　人生不能留有遗憾
　　把握住每一个机会
　　做最好的自己

种 子

对阳光的渴望
让种子不断向上
向上,向上
小小的种子
长成了参天大树

爱 情

如果爱情有生命
她肯定是昙花
想要爱情变成永恒
她就是一幅画

盛宴很好吃
只不过是偶尔的奢华
代替不了水
更代替不了家

我祈盼爱情可以长大
祈盼爱情能够升华
片刻已经太长
永恒只不过是一刹那

火 山

我知道你很强大
一旦喷发
会带来新生和破坏

我恳求地壳
给抱怨
留一点儿空间

我不想
愤怒直冲云霄
吼声震响荒原

让熔岩流入大海
只有新生
没有破坏

● 娲 河

草

经历过骏马的践踏

经受过羊群的踩躏

子孙被鸟群掠食

躯体助角马旅游

虽然春风给了你爱抚

你却对夏雨情有独钟

不和大树争强

也不和鲜花斗胜

草就是生命

把荒原装点成绿洲

让所有的流浪汉

都获得了自由

深夜，我在思念远方

孤独伴悲伤

寂寞伴彷徨

点燃一支香烟

缓缓袅袅向上

想拥有翅膀

想升入天堂

自由自在

尽情呼吸花香

静寂的夜啊

心爱的人还在远方

多想抛弃这具皮囊

随风飞到你身旁

鼓足胆量

亲吻你的脸庞

哪怕只是一刻

● 炀 河

  至少已满足梦想

  一点可怜的爱

  也能治愈我心中的伤

  我要把这一刻

  变成地老天荒

地丁花

地丁花,地丁花

瘦弱的绿叶

渺小的紫花

也许你长在玫瑰下

头顶的爱情

也不是你的家

也许你长在牡丹下

你只是个陪衬

陪衬牡丹的雍容华贵

也许你长在高楼旁

经受太阳的烘烤

喝着狂风送给你的黄沙

也许你长在豪宅旁

忍受主家的呵斥

躲在角落里想家

● 婀 河

你本来是长在乡间的小花

为了改变命运

你在城市里寻找家

今天我吟唱你

明天你吟唱他

我们都是地丁花

又到情人节

没有玫瑰

只有孤单

没有情人

只有寂寞

一个人的情人节

只能和没有约会

● 焖河

卢沟桥的狮子

今天没有月亮
只有星星在天空中闪烁
看不清桥上的狮子
我知道狮子们
都跑去看航空母舰下水
听舰载机唱歌

今天的民族
再不需要卢沟桥的狮子
发出"全民抗战"的怒吼
只需要秀出强壮的肌肉
列强就不敢窥视
狮子啊
你终于有了强大的祖国

火 炬

深夜
那支无情的火炬
没有带来光明
却枯萎了山林

浪荡公子没有彼岸
只能和海浪一起哭泣
没有路的日子里
酒成了伴侣

喝醉了的大公鸡
把黎明变得遥遥无期
无边的暗
让火炬也没了脾气

夜凝固了
洗洗睡吧
管不了火炬
燃烧还是死

● 妫 河

冬 夜

严冬的深夜

一个老男人坐在客厅

不想钻进卧室的被窝

对于孤单的老男人

卧室的被窝

比外面的冬夜寒冷得多

窗外哭诉的北风

拼命想挤进屋内

以为可以取暖

其实

还有比冬夜更冷的地方

贫困在寒风里瑟瑟发抖

卑微只能躲在角落

期盼能有一丝善良的目光

一棵杏树还在坚持

坚持到能开出梅一样的花朵

那时它就能获得春光

星星在眨眼
它已经习惯了睁眼闭眼
那个老人在看电视
看彩色电视
在他的眼里
已经没有了色彩

● 娲 河

致云朵

你是那么温柔

丝丝细语的情话

让我的心田

生出小河

我想和你一起泛舟

带上我吧

因为我叫泥土

我愿和你

一起追风逐月

一起从春到秋

如果有一天你累了

那就停下脚步

我们会有自己的孩子

女孩叫雨

男孩叫雪

雨雪又孕育出

一棵好大的树
我们不会死亡
因为我们有梦想
我们不会苍老
云朵遇到泥土
就会永远年轻

● 炀 河

我是一粒沙

我是一粒沙
有人说我普通
有人说我渺小
我赞同
当我在湖底的时候
我就是湖底
那时候我无声，有形
微波将寂静泼溅在我的身躯之上
我渴望被看见，被触摸
当我在岸边的时候
我就是堤岸
那时候我无味，有痛
狂风将孤独泼洒在我的呻吟之上
我渴望被引领，被托举
时光流逝
感觉自己就像是路上的快递小哥
其实，那只是我的比喻

一天还是一天
一年还是一年
太阳东升西落
月亮有圆有缺
不论我在与不在
沙粒也有春秋
也有苦乐
再小的沙也有自己的硬度
我是沙

● 娲 河

世园会的锦鲤

锦鲤也想大海
他已懂得了自由自在的真理
他厌倦了炎炎夏日的
等待
每天被白光印出身影
他向往在大海中来来去去
没有必要说出
同居的睡莲早就苏醒
他们在忍耐漂泊的冲动
直到寒冷时刻来临
那一刻
霜风会抛撒他的骨骼
锦鲤知道
失败在施惠于生者
睡莲也会欣赏他的足迹

岸上绚丽的郁金香
早已变得遥遥无期
怀着隐秘的欣喜
欣赏石头性感的盲文
毕竟

他比石头更有吸引力

夜晚已让天空羞红了脸
锦鲤的心中
正哼着一首《海燕之歌》
那已是多年未唱的小曲儿
这个园区正在——
让欢乐穿行

登玉渡山

我努力向上攀登
终于站到了一定的高度
高处是平坦的忘忧谷
还有忘忧湖
冬天的忘忧谷并不冷
成功的喜悦
让我全身都是热度
拥有了可靠的平台
我就能高枕无忧
站在高处看着世界
目光扫到哪里
哪里就是美景
身边的忘忧湖
冰清玉洁晶莹剔透

秀美的身姿
让我忘了忧愁
南京有莫愁
夏都有忘忧
南北对望
千年守候
我强大的祖国啊
你南国莫愁
北疆无忧
你的人民
在冬季也不会寒冷
他们都感觉到了
世园会和冬奥会的春风

● 娲 河

过 年

年来啦
一声高喊
爷爷听到了
悄悄把藏在地窖的
小袋粮食碾成面
碾子转动的声音啊
哭诉着当年亡国奴
日子的艰难

年来啦
一声高喊
爸爸听到了
拿起桌上的一碗稀饭
端到嘴边
那稀疏的米粒啊
告诉他过完年
还得讨饭

年来啦
一声高喊
我听到了
赶紧喊女儿
快来吃饭
桌上五湖四海的美食啊
让我拿起笔
歌颂祖国的美好河山

年来啦
一声高喊
女儿听到了
为我捧上酒杯
坐在我身边
那浓浓的酒香啊
让女儿举起酒杯
憧憬美好的明天

远山的希望

清晨
远山长出一缕希望
生长,生长
终于长成一片霞光
所有的果实都醒了
有的披绿有的戴黄
还有的拿起画笔
帮山婆婆梳妆

一群从远方飞来的游客
骄傲地站在树上
七嘴八舌,各抒己见
留下一地的粪便
然后就四处奔忙
漫山遍野的野草
希望还是希望

● 娲 河

骏马不再驰骋疆场
羊群不再草原上奔忙
所有能动的生灵
都被圈养
别指望他们能发出
什么灵光

远山的希望太远
也仅仅是希望

遛弯儿

初春的夜晚
你和我走在康庄的路上
只是默默地前行
漫无目的地在黑暗中前行
我们不需要语言
只要在一起
我听见了你的心声
你听见了我的心声
我们不需要光亮
只要在一起
你照亮了我
我照亮了你
我们不需要温暖
只要在一起
你温暖了我
我温暖了你
我们什么都不需要

● 婀 河

只要在一起
你是我的所有
我是你的全部
走着,走着
一直走着
走向光明
走向远方

家

也许你青春年少
正当意气风发
妈在哪里
哪里就是家
有妈才有温暖
有妈才有牵挂
一声"回家吃饭"
把记忆凝固在舌尖下

也许你终日忙碌
正值潇洒繁华
妻在哪里
哪里就是家
有妻才有快乐
有妻才有情话
一声"回家吃饭"
把记忆凝固在舌尖下

● 娲 河

也许你子孙满堂
已是鬓染霜花
儿在哪里
哪里就是家
有儿才有夕阳红
有儿才有晚年花
一声"回家吃饭"
把记忆凝固在舌尖下

盼望春天

老同学发来一张照片
那是云南的二月
一望无际
黄色的油菜花
还有远处翠绿的山
看着窗外
北京的二月
枯干的树枝
在寒风中瑟瑟发抖
地上小草还在酣睡
雪花流着伤心的眼泪
紧紧抱着大地不肯离去
我想对雪花说
走吧
只要坚持
失去的还能得到
我想对小草说

● 婼 河

醒吧

马上就该你登场

春天就是你的舞台

我想对自己说

出去走走

走出去

去迎接我的春天

春 天

一个充满了想象的季节
种子的心开始萌动
把窗帘开个小缝
探头望望四周
终于展开臂膀
迎接温暖的阳光
蜂在舞,蝶在舞
虫儿也不甘寂寞
轻声诵读理想
它要长大
它要拥有翅膀
展翅高飞
拥抱花的海洋
只不过
花也不甘平庸
站上枝头

让蜂亲吻
让蝶戏弄
当它躲到幕后的时候
孕育后代
就成了使命

小鸟上下飞舞
欢乐的时光总是短暂
世界
忙上忙下
忙前忙后
忙左忙右

秋天的那颗果实

● 婀 河

悲 哀

他说
人生最大的悲哀
建了一辈子房
自己没地方住
在城市奋斗三四十年
依然要回农村
家乡如此陌生
他乡如此熟悉
现实很骨感

你说
人生最大的悲哀
女孩喜欢自己

她的爸妈却不同意
千辛万苦娶妻
却是两地分居
有了孩子
爸爸不是自己

我说
理想很丰满

人生最大的悲哀
梦想很长寿
希望成永恒

糖果、诗集和我

桌子上
左边是糖果
右边是诗集
商品与文化的聚会
当然不能少了我
我喜欢糖果的甜蜜
我更羡慕诗集那悠长的保质期
糖果先走了
这并不奇怪
我也走了
命中注定的结局
只有那本诗集
还在那里自言自语
书中张艺的一根白发说
青春是要逃离的

现实的我注重糖果
久远的我注重诗集
所有的事物
都为自己的存在而存在
糖果不仅甜了我
也甜了自己
我不仅看了诗集
也看到了自己
诗集不仅吟诵当代
也吟诵历史
我和糖果、诗集
一起努力
活出属于自己的天地

● 娲 河

诗人的生活

喝进
一杯尿液
尿出
一杯清茶

生 死

黑暗告诉我
已经死亡
诗歌告诉我
还能活着

下雨的日子

缠绵的雨

在敲打我窗

我的心

已飞到荷塘

在雨中

邂逅一位姑娘

一朵荇香

羞涩在荷旁

热恋的季节

穿黄色的衣裳

柔软的腰肢

随细嫩清波荡漾

窗外的小鸟啊

我要借你的翅膀

● 婉 河

  带着湿润的柔情

  飞到她的身旁

  在这细雨绵绵的日子

  向她倾诉衷肠

遥远的丁香

梧桐树下有一朵丁香

春风中开放

不慌不忙

秋雨里芬芳

不声不响

有一天

回到花的海洋

在那里生长

在那里绽放

遥远的丁香花啊

多少次带我

梦回水乡

树叶,绿了又黄

麦粒悄悄灌浆

岁月的钟

● 妁 河

敲了三十响

当年的丁香

又开在梧桐树旁

曾经的绿叶

已经羞红了脸庞

那达慕

绿毯上
马和箭互相变幻
天空中
酒和奶一起飘香
地上有多少骏马
天上就有多少云裳
当彪悍吸引美丽温柔
力量就拥抱淑德贤良
那达慕
丘比特射箭的地方
普罗米修斯投出青春的火焰
爱从草原开始疯长
勤劳的汗水
汇成欢乐的海洋
悠扬的鼓声
让生命,转生
思想
长出了翅膀

● 妫 河

一只飞蛾

灯前有一只飞蛾
终于下定决心
扑向火热

无奈,残酷的现实
让他撞得头破血流
梦想的结果
就是没有温度
失望的他
只能躲进夜的怀里
默默痛哭

泪水淹没了声音
冲刷出黑色的眼睛
眼睛的世界里
想生艰难
想死无助

当火来临之际
洗去了所有的污垢

风从故乡来

汽车尾气的味道
天天品尝
一缕清风
带来泥土的芳香
喧嚣的街市
淹没了寂寞的村庄

孟轲与荀卿的争论
把人性的善恶
变成太极
阴阳的鱼眼
看着现代城市里
川流不息的梦想

古老的风啊
在人的心里游荡
脑海中
充满了铜臭
渺小的故乡
不知在哪里隐藏

● 妫 河

夜色把我染成米勒

夜色把我染成米勒
遥远的晚钟
带我拜见了神灵

多想做一个播种者
像先辈一样亲近土地
牧羊，拾穗，放鹅

物质贫穷
精神富有
也是一种生活

罗曼·罗兰笔下的形象
把精神灌注成永恒
让万物站在大地上倾诉

乡村不是平庸
农民也不代表低俗
喂食让土地得到了尊重

是画还是梦
有了孤独的眼睛
就能把世界看清

欢 乐

深夜飘来一缕阳光
天空从此变得晴朗
付出有了收获
现实把理想照亮
缓缓走来的秋天
有果实的身影在闪烁
美好的时刻
欢乐流淌成河

● 婀 河

雨,让世界脱去伪装

下雨的日子

天空总是灰茫茫

绵绵不绝的雨水

让世界恢复了模样

树叶更绿

鲜花更香

美好的事物更美好

肮脏的事物更肮脏

执着的雨啊

用不懈的努力

让世界脱去了伪装

善良和正义登场

雨后的世界充满阳光

小鸟在歌唱

冷眼观世界

沙粒虽小
也有石头的性格
水虽柔弱
也能毁堤爬坡
小草虽矮
也有长高的时刻
秧苗虽小
也能结出硕果
人啊
不要对己对人妄自菲薄
世间万物
都有辉煌的时刻

● 焖 河

英雄墨翟

我崇拜的大侠
在这个伟大的时代
我想把你的思想
发扬光大
天下无人
墨子之言犹在
什么是豪言壮语
什么是气贯长虹
墨翟才是真正的英雄
是而然者,是而不然
不期而然,一是而一非
再加上实干家
凑成一朵攀枝花
强壮我的中华
我站在高山之巅
大声诏告天下
做人就要做墨翟
戴花就戴攀枝花
这就是一个男人的回答

蚊子的故事

一只蚊子
她说爱上了我
扭着纤细的腰肢
跳着柔媚的舞蹈
唱着温柔的情歌
我爱上了蚊子
为她奉献鲜血
供她寻欢作乐
日渐憔悴的面容
每况愈下的身体
让我明白
温柔的吻
只是为了吸血
爱不能乱给
应有正确的选择

● 妫 河

伏天的夜

雨后的深夜
屋内来了两位朋友
沉闷,还有热
沉闷是我的老友
热是新友
还没有适应
热,让我如此激动
难以入梦
我已习惯了寒冷
一丝微弱的热情
让我浑身大汗
满面羞红

致女儿

不知不觉

你就变成了我的天

你把希望

送到我的眼前

我看到一条路

在慢慢变宽

我知道

在遥远的地方

我看不见的地方

你会站在山巅

不知不觉

我变成了你的小孩儿

走路蹒跚

说话打战

就像曾经的你

再次无理耍蛮

你知道

● 妈 河

在遥远的地方
你看不见的地方
我会和天堂相伴

脚 印

身后的脚印
全部指向前方
很想找一个向后的脚印
作为收藏
可惜
那只是梦想

燕山天池

什么是水天一色?
什么是绿水青山?
青松翠柏，鸟语花香，姹紫嫣红
眼前有一本《成语大全》
雾展轻纱
风透凛冽
脉脉含情
心中有诗词浮想联翩
高峡出平湖
望你方识高水平
寒风刺骨
到此感悟高处不胜寒

● 妫 河

"五四"青年节

大地写满阳光

花笑成海洋

让青春指点江山

让历史回头遥望

普罗米修斯眷顾的楼宇

让腐朽与没落,老迈死亡

德先生和赛先生

变成了新文化的诗行

马克思带来镰刀和斧头

在这片土地上播撒希望和信仰

是青春就有希望

是青春就有信仰

是青春就要奔跑

是青春就要起航

大地已写满阳光

鲜花快开成海洋

"五一"劳动节

美国芝加哥的那场大罢工
成了保障自己权利的象征
劳动者的游行
五一节从此诞生
现在又有了一种劳动
又有了一种游行
它的名字叫节日旅游
车在高速公路上游行
人在各种景点中劳动
用眼睛
用肩膀
当然还有手
劳动是一种痛
有多少乐在其中?

● 妁 河

我和空气

你是什么味道
我已忘记
你是什么颜色
我也想不起
只要我索取
你就能给予
来得太容易
就不会珍惜
有一天
你离我而去
我才知道
我离不开你

情 话

我看了你一眼

世界已过了一万年

我陪你走过千山万水

原来我们还在原地

爱让我忘了一切

我成了穷人

一无所有

爱让我拥有一切

我成了富翁

我有你

我轻轻地问一声

我想和你共创未来

你想和我沐浴阳光吗

● 婼 河

我是谁

我是鱼

我要畅游四海

我是虎

我要笑傲山林

我是树

我要枝干参天

我是风

我要游历四方

站在高空向下看

我是谁?

先有自己

后有世界

海岸

——赞女足守门员彭诗梦

冷箭
请你回家
近炮
绕道而行
既然是海岸
就不惧怕
潮来,潮涌
站在世界的舞台上
大声宣告
此路不通
中国的精神就是——
任凭风吹浪打
我自岿然不动

● 炀 河

端午祭屈原

一种远古歌曲的名称

祭神的乐曲

已变得无声

粽子的味道告诉我

舍生取义

以死抗争

凌晨两三点钟的太阳

只有希望

没有光明

水底的黑暗告诉我

有一种死

叫永生

想念父亲

又到秋风送菊花
爸爸,儿子想你啦
康庄货场已老啦
爸爸,你怎么还不回家
妈妈已经满头白发
每天还给你沏上热茶
儿子也已鬓染风霜
你在天堂还好吗
水关长城边红叶飘撒
那里是你的家
现在生活富裕啦
多想陪你走遍天涯
我想陪你到大漠看沙
让我们的灵魂升华
我想陪你到巴黎看塔
现在也成了空话
爸爸,赶紧回家
儿子想你啦

● 婉 河

求

我恳求高山
给我一缕碧水
洗净你的身体

我恳求蓝天
给我一片白云
为你裁成嫁衣

我恳求神佛
给我一颗菩提
寂寞时陪你

为了爱你
求遍这个世界
也在所不惜

家乡

我家住在妫河南岸
我想写诗就朝北方遥望
妫河两岸遍植花卉
像柔美的姑娘
穿着的衣裳
日夜向西的流水
那是有个性的诗歌
静静流淌
远方的海坨山
冬季披雪
夏季清凉
美丽的天然景色
就像生活在当世的潘安
迷倒了无数姑娘
妫河
你是我的诗，你是我的歌
你是我的姑娘

● 炀 河

海 坨

你是我的远方
你是我的希望
你是我的梦想
富有时有诗歌
贫穷时有远方,有梦想

酷 暑

你从不缺乏热情
就是难以驾驭
你铺天盖地地涌来时
我只能躲避
你激情消退时
我又会追忆

聚 餐

一个叫作马孔多的村庄
孤独,被摆到了餐桌上
饥饿的文人一大帮
百年成了食粮

那个从高密走来的汉子
吃得最胖
还有很多文人
吃成了高尚

马孔多的味道在四处飘荡
加西亚做的饭真香
三十万的饭粒能吃多久
也许是地久天长

钟摆飞起来的时候
孤独变成了荣光
回忆现实梦想
人生如此漫长

● 娲 河

月亮的心愿

月亮有个心愿
想和阳光为伴
想和阳光一起生长
想和阳光共同灿烂
让星星点缀生活
小草,鲜花,果实,白雪
蝴蝶飞舞,蟋蟀弹琴
红果黄叶,寒风冰河
热就一起热
热到血液如岩浆
热到爱情似火焰
一起融化,一起燃烧
一起成仙成魔
冷就一起冷
冷到骨骼成钢铁
冷到感情成白的世界
白的胡须,白的鬓发
白到平淡一生
月亮与阳光为伴
温柔美丽,变成嫦娥

冬末午后的一场雪

冬哥要走了

梨花妹妹心碎了

请告诉梨花妹妹

分离不是分手

来年还会相见

夕阳不忍直视离别

把身躯隐藏

请告诉梨花妹妹

相思也是享受

冬哥融入心中

夜早来了

来遮盖分别的身影

请告诉梨花妹妹

只要心中有梦想

梦想就会成功

● 妈 河

深夜观雪

深夜里

窗外全是白色

白色的地

白色的车

还有白色的树

我看到

黑暗也有白色

我相信

阴暗也有阳光

既然

冬天也有暖阳

那么

凶恶也有善良

电力工人

祝融的后裔

普罗米修斯的使者

能够飞越高山

可以跨过江河

当三叶草长出

旋转的歌

神奇变成神圣

平凡升入星河

爱

你是柔媚的沙漠

我愿做一棵胡杨

夏陪你一起歌唱

冬陪你一起张狂

千年和你相伴

千年守你身旁

即使你化为精灵

还是要和你地老天荒

款冬花

生于山间
长在溪边
看着遍地的太阳碎片
山流出了伤心的眼泪
流成了小溪
流成了峡谷
蝴蝶来了
跳起了欢快的舞蹈
蜂来了
唱起了欢乐的歌
山笑了
笑得满脸都是鲜花

● 婉 河

沙粒的愤怒

长江，黄河
游来几条海鱼
腥臭味道充满了河道
江河中的鱼逃到海里
后来
江河中全是海鱼
沙粒还是原来的沙粒

沙的夜

真的很冷
夜,躲在黑暗中
瑟瑟发抖
缩成一粒尘埃
放不下怨恨
放下的
仅有一点儿回忆

● 焖河

迷 茫

彩虹爱上了黑夜
白雪也能爱上夏荷
当萤火虫爱上烛火
神奇也能成为梦魇
白色的夜困了
睡进了海洋
黄粱还没煮熟
就被粉刷成思乡
这变态的夜啊
何时能进入梦乡

饺 子

我吃过这世界上最好的美食
没有白菜的白菜馅饺子
那是最美的女人包的
能吃出幸福的味道
也许你也吃过
你能吃出幸福
那个特殊的年代
吃过的没有多少
白菜馅里没有白菜
剩下的全是慈祥
今天我也包了饺子
包给那个最美的女人
全肉馅的饺子
希望她吃得更香
只是有点儿遗憾
包不出没有肉的肉馅饺子

● 炀 河

时间是燃烧的森林

时间是燃烧的森林

森林的旁边还是森林

永远燃烧着绿色的火苗

那里是孕育凤凰的地方

鸟不能在那里鸣叫

草不能在那里生长

一个叫钟的破玩意儿

总在烦人地敲响

森林只有三棵树

我是谁

我从哪里来

我到哪里去

长了几千年

还在生长

情 人

中年后
我的情人变成了钻石
我倾尽了满腔热血
把钻石炙烤成灰

现在的我
终于明白了情人的含义
美丽如昙花一现
甜蜜也没有回味

也许
以后还会有情人
黑夜,时间,诗歌
她们永远对我无怨无悔

● 娲 河

梦

寂静的深夜
我游荡在梦中
看见凶猛的野兽
疯狂向我进攻
没有猎枪
我只能成为食物
拥有猎枪
野兽成为我的宠物
拿着车票
踏上时代的列车
默默地
看着站台上的父兄

因 为

因为我太善良

上帝不收

所以我进不了天堂

因为我太浑蛋

阎罗不要

所以我下不了地狱

因为我太无知

只有圣人能教化

所以我看《论语》

因为我太懒

只有李白适合我

所以才写诗歌

● 娲 河

晒衣服

昨日晴空万里
今天洗了衣裳
看着潮湿的服装
突然感觉
昨天的辉煌
不是今日的太阳
只有明天的阳光
才能带来希望

读 书

采摘下一朵白云
把心境的雾霾擦净
让心灵成为蓝天
太阳挂在心头
沏上一杯诗的清茶
背靠着文学的大树
仔细地品尝
墨的清香
字的甘醇

● 娲 河

迷 茫

孔子在周游列国

老子在乘牛西去

辽阔的神州大地

到处是追求财富的人们

只求一朝拥有

哪管得到过程

雨中漫步

我在雨中漫步
你在他乡可好
玉掌托起净瓶
纤指轻挥柳枝
带着慈祥的微笑
把我身心浸润
清新凉爽的空气
我感到了你的气息
雨中洁净的鲜花
我想到了你的身姿
我在雨中漫步
你在他乡可好

● 妫 河

影 子

阳光明媚的日子
你依偎着我
风雨交加的日子
你抛弃了我
火热的阳光下
察觉不出你的温度
寒冷的大雪天
见不到你的踪影
灿烂辉煌时无法割舍
选择了和你结合
风雪交加时难以忘怀
选择了心灵折磨

园 丁

当你
像仙女一样
把玫瑰撒向人间
手中只留下
淡淡的清香

当你
像拉斐尔笔下的圣母
拥抱每一位天使
给天使的记忆
留下浓厚乳香

众多的男女仲尼
育出了
比七十二还多的贤人
数学、兵学、游学、出世学
你为多少灵魂解惑
孙膑、庞涓、苏秦、张仪
你为多少弟子授业

● 妈 河

伊索克拉底还在建修辞学校
昆体良还在写演说术原理
一代一代的你们
崇高伟大啊
在今天我只有
发自内心深处的赞美

稻 田

轻浮的

昂首挺胸

饱满的

谦虚低头

无知才能无畏

博学更感不足

● 娲 河

秋？秋！

天渐渐凉了

没有了春的激情

也没有了夏的火热

心渐渐冷了

没有了青春的温暖

也没有了壮年的炎热

满眼的果实

漫天的颜色

挡不住秋霜的悲凉

富贵的生活

满堂的儿女

拦不住身体的不适

青春向往秋天

向往山红地黄

向往到处都是硕果累累

秋天羡慕青春

羡慕生机勃勃

羡慕一切都能从头开始

活着不易

哪里有满足

不知是人生还是天气

游房山十渡

蓝天白云相拥

青山绿树相守

翠田碧水相伴

红男粉女相携

身体画中游

灵魂梦内行

欢娱虽短暂

回味总无穷

● 妈 河

秋 叶

秋风来了

轻声告诉我该走了

把萧瑟放入行囊

迈出飘摇的脚步

无声和秋蝉告别

默默与秋露分手

一叶落木

已然知秋

想到一生的成绩

变得满脸通红

别了,走了

踏上寂寞旅程

美 好

预感严重的雾霾
却看见
白云缓缓飘过蓝天
预感寒冷的冬天
却得到
温暖阳光的垂怜
拥有满足这张纸
美好就在眼前
背负贪婪那座山
美好远在天边

● 婀 河

追 求

为了追求富贵
何必怜惜理想
为了追求爱情
何必惧怕受伤
为了追求思想自由
何必怜惜这具皮囊
为了追求永生
何必惧怕死亡

愿 望

摘朵白云

做成棉花糖

送给童年

唱出欢乐的歌

采一朵棉花

织成舞曲

送给青春

跳出浪漫的舞步

掬一捧白雪

画成人生

送给自己

展现纯洁的生命

● 蚂 河

盐

与你初识
你每天只给我
一点点
感觉这是最好的滋味
终于你动了真情
每天慷慨地给予
没了美好
全是苦涩

玫 瑰

折下一枝玫瑰
手被花枝刺伤
虽然很疼
却不想放手
终于有一天
我想放手
可花已凋零

● 娲 河

爱与不爱

苦涩的蜂蜜

甜蜜的黄连

这就是爱与不爱

困苦地欢笑

幸福地痛哭

这就是爱与不爱

永恒的瞬间

短暂的永远

这就是爱与不爱

遥远的紧贴

眼前的远方

这就是爱与不爱

衰老的芳颜

青春的垂暮

这就是爱与不爱

一只白天鹅

迈着优雅的脚步
在稿纸上溜达
写作就是伴侣
感情忠贞不渝

带着纯洁的思想
在知识的湖泊畅游
水中吞下书鱼
岸边拨弄莲曲

拍打着灵感的翅膀
飞向未来的天空
向南追寻梦想
向北寻踪真理

● 妫 河

神奇的女子

这位神奇的女子

美妙得惊人

虽然活了几千年

还能永葆青春

一会儿是娥皇,一会儿是女英

还孕育出了元朝第四位皇帝

柔弱的外表下

是执着的性格

当所有人都随风东去

你却迈着坚定的脚步向西

如今的你啊

被儿女们披上了美丽的嫁衣

引来无数的候鸟

对你朝拜与你相依

你就是我的情人——妫河

我要把你融入我的梦里

我的心里

白天有阳光，夜晚有星月
我的心里
只有你
我们去看海吧
海里有远方
我们去看云吧
云里有思想

● 炀 河

把自己卖掉

我要把自己卖给深夜
换来一壶酒
和冰雪一起醉死在春天
变成花的肥料
长出蓝天白云，青山绿水
还有太阳明亮的眼睛

登应梦寺

沿着崎岖的山路

奋力向上攀登

偶尔驻足

走过的

都是风景

远处的奶河

像岁月在流淌

从来就没有停下

时间的脚步

向上爬的路

坎坷难行

路边的荆棘

偶尔绊住前行的脚步

终于登到峰顶

没有风景

最享受的

是攀登的过程

● 娲 河

爱的结果

你是燃烧的火
提纯我的心灵
心灵化作纯洁的白雪
白雪涂抹着山川
山川唱出了高雅的歌

你是燃烧的火
提纯我的灵魂
灵魂化作洁白的天鹅
天鹅歌唱着蓝天
蓝天描绘了日月星河

七月的妫河

七月
河里流的是火
岸边的树
清晨也会出汗

热情的河水
烤红了朝霞
也烤红了
岸边的脸庞

站在河边
让网捞几拙作
河水皱眉头
片刻就恢复了容颜

牛郎织女相会的日子
爱的火把被河水点燃

● 娲 河

早

风暖了

冰笑了

雁来了

土软了

阳光梳妆

月低诉衷肠

折下一根树枝

写着七里香

不知不觉中

人间又有了你的模样

蒲公英的种子

寒风虽然冷
却可以飞向高空
从此认识了世界
踏着自由去旅行
也曾述
找不到自己的路
也曾想
走遍高山和海洋
看见肥沃土地的时候
那里是奋斗的地方
停下游荡的脚步
安心扎根成长
向天空挥了挥手
不再游走四方

● 炀 河

夕阳

夕阳缓缓地落下
落入山的海洋
没有激起浪花
坚定的脚步
面对死亡
不再挣扎
山石虽然坚硬
也阻挡不了
迈向死亡的步伐
夕阳缓缓落下
投入黑夜的怀抱
再也不会喧哗
留下灿烂的晚霞
也许是死亡
也许是归家
黑夜虽然暗淡
也迷失不了
寻觅重生的新家

风的生活

高兴时
走过花丛
闻着花香,醉了
躺在花下,睡了

悲伤时
陪伴云团
和云团一起,流泣
和雷电一起,哭嚎

相爱了
就紧紧拥抱
不爱了
又奔向远方

彷徨时
就四处找

● 妈 河

有了目标

就勇往直前

想工作

可以举起千斤重物

想休息

可以化作无数尘埃

自由

是风的生活

无拘无束

是风的性格

情人节前致牡丹

从明天起
我要做一个观花的人
呼吸花的芬芳
观看花的美丽
手轻轻地，摸花的头
穿着光鲜亮丽的服装
露出英俊潇洒的面容
昂首挺胸
向全世界宣告
我是一个爱花的人
我也懂得离去
从明天起

我不会再做园丁
在温暖的春风中浇水
在炎炎的烈日下捉虫
在五色的秋天里施肥
在寒冷的冬季剪枝
蓬头垢面，满身灰尘
弯着沉重的背
在你面前晃来晃去
我要大声高喊
我的王

● 焖 河

雪

小天使

拍打着洁白的翅膀

在空中飞舞

落在树枝上

落在田埂上

让世界分外妖娆

我小心地托起一位天使

化成了水,化成了雾

飘向远方

梅红了,松绿了

我看世界的洁白

世界看我的纯洁

雪来了

心化了

辩证法

海坨山高高在上

妫河水冰下流淌

野鸭湖的野鸭

还在路上

康庄的风

在窗外歌唱

我写了一首《荷花与污泥》

雅俗共赏

当春天来的时候

大雁又要飞回北方

世界万象更新

是诗的天堂

● 妫 河

爱

你是一首歌

让所有的苦涩都匆匆走过

你是一盏灯

帮我在风霜雪雨中腾挪

你是一个梦

让昨天结出了香甜蜜果

你是一条河

把心胸涤荡得波澜壮阔

心中有了爱啊

就过上了美好的生活

心中有了爱啊

岁月再也不会蹉跎

梦

伸出手
接一片雪花
雪化成了水滴
谁的泪?
是喜,是悲
我不懂它
它不懂我
我们都不懂这世界
所以,携手探寻
风轻轻地推了我们一把
走吧
世界很大

山高水低
站在海边
我是那样渺小
海原来就是一滴水
左脚踩着黑夜
右脚踏着黎明
左手抚摸月色
右手托起阳光
强大吗?
只是梦的一角
梦里还有希望

● 妪 河

我不想

我要躲在黑暗下
黑夜是我的家
我不敢生活在阳光下
我怕在那里发芽

一滴松树的眼泪
拥抱我一万年
在这安乐窝
我不想开花

贫瘠的山岩缝隙
没有时间变化
没有时空变换
我不想长成傻瓜

今夜的月亮

月亮毫不吝啬地

把目光投到我的心上

这一瞬间

我再也不渴望阳光

二月十五的夜晚

走了佛祖

来了道尊

还有那么多的思想

刹那也是永远

昙花绽放

瞬间也是永恒

生死很忙

当海变成了一滴水

那就是悲伤

当春变成了一幅画

那就是情场

● 炀 河

一杯浓艳的红酒
泼给今夜的月亮
醉了衣裳
香了远方

神奇的买卖

到非洲去卖暖气片
去北极去卖冰箱
把云卖给天空
把水卖给大海

吃过糖的人才想糖
懂得爱的人才会爱

正月初八·小雪

轻轻地你走了
正如你悄悄地来
你使山川大地
多了一抹高洁的风骨
翠绿高举着梨花
那是路边的松柏
混在土里
已成了小菜
我躲在屋里
等春天到来

● 妈 河

早春

北方的冬哥
挺着强壮的身体
还在炫四方
南方的冬妹
已流出了
离别的泪

春姑娘轻轻吹了一口气
冰小伙激动得咧开了嘴
太阳公公的微笑
让土地叔笑得温柔
月亮阿姨不断变圆的脸庞
让晨婆婆放慢了脚步

二月
充满期待的月
让所有的生命
都回到了梦中
梦
飞向高空

窗外的一盏路灯

深夜的窗外

有一盏暗淡的路灯

无声地守护着净土

让盗贼无法成功

黑夜按下了它的头

却压不垮它的身躯

它有柔情的一面

更能坚强地直面世界

不要跟谁表白

也不要与谁诉苦

你在这里

它在这里

你不在这里

它还在这里

也许

时间会把它吹倒

但是

诗人会让它永恒

● 炀 河

游世葡园

海坨飘雪
长城夕照
现在
又有了世葡园
家乡
花开了

松 果

地上有两粒松果
行人停下了脚步
聚光灯
闪烁不停
美声
此起彼伏
两粒松果
充分享受着
命运眷顾

同果
不同命
绝大部分松果
只能是
默默地掉落
化作春泥再护松
这个世界
大部分松果的命运
都一样

● 娲 河

月是故乡明

房子可拆
土地可以征
亲人在哪里
就会亮起
故乡的灯
初一到十五
天上的月亮有圆缺
心中的月亮长明
每当黑暗的日子
它都是指路明灯
月是故乡明
饭是家里香
真理不是永恒
哪里有中华民族
哪里就有中秋

谷子颂

春末发芽
夏末开花
秋初结穗
头,谦虚起来
就做什么事情
不管春风
不顾夏雨
更不看秋色
能结穗就行
金色的穗
少年挺胸
青年昂头

到了老年
低着满是硕果的头
什么时节
从没停下脚步
不管收获是少是多
金色的杆
这是秋的奖赏
用金色赞扬谷子一生

● 娲 河

致我的爱人

天边飘着一片白云

洁白的，没有一点瑕疵

张开手臂

将白云揽在怀里

云化成了雨

没有洁白

只有透明

手中握着一颗圆润的珠

没有温暖

只有冰冷

当洁白落入手中的时候

那是冰雹

不是云

冰雹也能化成雨

只不过

需要温暖的努力

多少年后

雨又变成了云

学 校

童年
我进了小学
那是一棵智慧树
智慧树上
结了很多智慧果
我贪婪地吸食智慧果汁
慢慢长大

青年
我进了大学
那里有如何做好毛毛虫的道理
如何寻找食物
如何躲避天敌
那里让我学会了
生存规则的游戏

老年
我进了老年大学
在那里我成了一只蝴蝶
不再为物质奔波
只为精神插上翅膀
飞在天上
尽情地享受温暖的阳光

现在
享受物质食物带来的健康
吸收精神果蔬带来的营养
生活在太平盛世
这是我们这一代的幸运
腹有诗词年自少
胸存书画貌芳华

● 炀 河

弯 月

弯月静静地挂在天上
车冲入水中
撞死了一条鱼
弯月静静地挂在天上
雪拥抱麦苗
那粒种子没了希望
温暖中也有死亡
严寒中也有希望
梦的解析还在延续
那个老头儿还在捋着胡须
周公拽着月牙悄悄离去
黑暗来了
这是黎明的开始

狗

本来是流浪狗

被捡回家中

幸运?

不幸?

某一天又成了流浪狗

幸运?

不幸?

想拥有世界

就只能做流浪狗

● 焖 河

雨夹雪引起的非议

雪和雨约会时

天空非礼了大地

不管同不同意

总归是结局

红玫瑰和蚊子血

都是红色

谁对谁错

玫瑰和蚊子都有道理

昨天是今天的过去

明天是今天的未来

今天问自己

我是谁?

镜子会说话

不用语言就可以解决疑问

当生挽着活前行时

人生成了生活

花的自白

风来了
下雨了
桃花、杏花没了羞涩
勇敢地解下了裙子
缤纷落下时
溅起了多少心?
心飘到网上
心飘到书中
成了永恒记忆
暖也要开
冷也要开
冷暖只是别人的故事
高山要开
平原要开
坎坷只有自己体验
自己想开放时
那就开吧
自己有自己的春天

● 妫河

2019年夏都的春天

山桃花用柳枝抽打着摇摇摆摆的春天
梨花开了一遍又一遍
妫河畔
成了花园
春天,夏天,秋天,冬天,同时走来
四月十三号世园会的四号门
红花绿叶汇成海洋
我只在门外欣赏
欣赏唯一的节日
唯一的春天,夏天,秋天,冬天

致橡胶树

你用自己的乳汁养育
随着菱形的啃咬
你奉献出洁白
小鸟问你
疼吗?
你随山风摇摇头
从不见你索取
你是那样无私
没有松的伟岸
没有柳的多姿

你有绿
那是四季不会改变的专一
黎族,苗族的传统
好客是你的本能
海南的土
给了你生长的勇气
看着身躯上的痕迹
告诉这个世界
所有的奉献
都会留下痕迹

● 娲 河

风的誓言

我是风
冬季吻蓝天
伴雪同行
夏季吻彩虹
和雨谈情
我是风
春问百花
给点儿甜蜜行不行
秋问谷穗
弯腰驼背疼不疼
我是风
青山向我招手
绿水向我点头

沙漠与我同在
大海任我驰骋
我是风
任何的困难
不能让我止步
所有的险阻
被我写成了歌谱
我是风
我向苍穹高喊——我是风
我向大地低吟——我是风
我是风
我的命运是旅行

延庆花海

青山绿水之间
八千二百亩鲜花陆续绽开
七千朵向阳花走在致富路上
二〇一九年
世界园艺博览会的鲜花
开在了妫河岸边
火树银花不夜天
姹紫红花满园
延庆,四季花海
家乡,花香常在

● 炀 河

海角，天涯

那两块石头
默默挺立在海边
红色的大字
永远是那么耀眼
没说过一句话
也不用说话
大海已经嫉妒
如滔天巨浪
咆哮，接着咆哮
拍打，继续拍打
失败，还是失败
做一粒白色的沙子吧
海角前面
天涯尽头
大海身边
有你有我也有他和她

登万宁东山岭

五指山，东山岭
飞来石头伴李刚
李刚能转运
众生皆向往
先望海，后求佛
索道上下忙穿梭
万绿观人海
飞鸟闲唱歌
李刚回京成宰相
游人如织品水果

● 焐 河

游分界洲岛

分界洲岛上的石像是一男一女
两块没有温度的石头瓜分了阴阳
分界洲岛四面是大海
石头与水成了夫妻
海面漂有游鱼
水中潜着美人
夕阳和月亮谈情
白云和绿水低语
当八刀斩断乱情时候
二人托起了土地
谁给一个理由
为什么要分界出去
世间有了分界
混沌才成了祖辈

椰子，椰树，椰林

椰子站在树上
椰蓉，椰汁，椰奶
不知道能给谁
只要有赏识它的人
千刀万剐
粉身碎骨
只不过是闲庭信步
清新的空气
椰树长在北方
万人欣赏，品头论足
还是长在海南吧
做一棵海南的椰树
享受温暖阳光

呼吸湿润空气
没有人注意
可自由生长

椰林的世界
有鸟鸣林更幽
有花香春满园

滋润了你和我的肺
一个集体
一个有共同信仰的群体
才有力量站直

● 娲 河

飞机舷窗外

通过舷窗望向窗外
眼前云浪翻涌
天边蓝天一线
太阳不知在哪里
一只大鸟的影子
飞在海天之间
站得太高时
看下面
只是白茫茫一片
哪里是黑，哪里是白
已经无法分辨

海口印象

想叫醒装睡的人
失败了
就像海口的椰子树
满街都是
想吃椰子还得人民币
骑楼小吃街的小吃
只有海南粉和椰蓉果冻
让我陶醉
海南粉的长久
椰蓉果冻的香味
让海口的历史和现代

都那么有滋味
农田天天萎缩
高楼时时建起
街上的电动"蝗虫"
把海口空间蚕食
晴天的闪电
海口已不能静止
海在哪里
海在海口的名字里

● 妫 河

两棵橡子树

王顺沟村有两棵橡子树
他们让历史呐喊
他们让现实说话
丢弃的果实
随手可得
春天的时候
一棵披满秋天的头发
一棵等待春光的洗涤
满叶那棵得到呵护
做了很多人的干妈
枯枝那棵也有希望
期待赶快发芽
喜鹊偏爱干妈
在她身上恋爱，生子
那棵光秃秃的树
才是更多树的生涯

白露化水滴

一颗善良的水滴
春风把它化成多情
企盼小草结籽成功
期待小苗长成大树

太阳
把它送上天空
分别的眼泪
只能随白云旅行

流浪的路上
遇到白露
从此有了理想
做个坚强的精灵

如果
再能飞到天空
定会变成雪花
让人间都充满了美梦

● 婑 河

曾经从夏天走过

寂寞的秋夜
一个老迈的人
望着缓缓上升的烟圈儿
回想着走过的夏天
火热的夏啊
曾有过激动的雨水
曾有过滚烫的池塘
也曾经过庄稼奋力生长
也曾经过野草努力疯狂
站在天空之上
大声昭告天下

躺在海的身旁
和星星轻声谈理想
终于有一天
夏天走了
秋天来了
凉,像被秋风吹着的树叶
像被点燃的一支香烟
随着缓缓向上的烟圈
变短,变短
直到冬天

为不是英雄的英雄鼓掌

八月十五号
一个值得喝酒的日子
有一些身影
在眼前晃荡
翻译官，伪警察，还有货郎
谁知道
你们还有另一个身份
黑暗的年代
你们像枪
隐藏身份
插在敌人的心脏
终于迎来胜利的曙光

美酒
你没份品尝
战友已经牺牲
没人为你证明
你的身份
自己说不清楚
背着汉奸的骂名
只能把苦酒喝光
在这个特殊的日子
我要为
不是英雄的英雄鼓掌

● 焀 河

秋

每一个理想

都是未来

雨滴变成对汗珠的崇拜

秋天的凉爽

让花冷静

朵朵长成美丽的天鹅

风悄悄告诉我

树叶红了

可以享受收获

无 题

很想用努力解释成功
可惜努力只是过程
很想用晚霞涂抹彩虹
可惜晚霞已无力前行

早起的鸟儿
只是勤劳的象征
谁也不知道
它能不能吃到虫

当一天和尚
就撞一天钟
但行好事
莫问前程

秋天到来的时候
请让夕阳为我送行
带着稻的颜色和果的味道
走到哪里都是人生

● 娲 河

站成树

如果我是一棵树
那就站成永恒
不寻找悲伤
也不祈求同情
站立
就是我的路
我要在站立中
获得长生

猫头鹰

沉重的夜色
一只猫头鹰在孤独地唱歌
唱阳光灿烂
引来大雨瓢泼
唱黑夜宁静
招来霓虹灯闪烁
不会抓耗子的猫头鹰
注定了命运坎坷
眼睛睁得再大
也做不成灯火
爪子再锋利
也不能像英雄那样生活
学会适应
让自己快乐

● 妫 河

建军节之前

黑夜
坐上时空飞船
在武器的王国
旅行三天
前天
我看到的是弓箭
弯弓射大雕
豪气冲天指点江山
昨天
我看到满眼都是弹
子弹、炮弹还有原子弹
速度与激情不断上演
今天
我的眼中全是数字
零和一,无边无际
数字武器充满人间
建军节的前夜
我想看到明天
那遥远的星空
人类还有什么表现

水

当你波涛汹涌地向我扑来时
我选择了逃避
当你无声无息离我而去时
我才知道不能没有你
你的温柔
你的坚强
都是我需要的
怯怯地问一句
我只爱你涓涓细流的时候
可以吗?
我想让爱长久不息

● 焖 河

空 气

我是空气

平平常常的空气

无色无味的空气

默默无闻的空气

不被留恋的空气

你在，我在

你不在

我还在

我不能离去

那会让你无法呼吸

月 亮

一轮圆圆的月亮

高高地挂在东方

像一位贞洁美妇

被扒光了衣裳

引来路人围观

令人神往遐想

美啊

很美啊

只不过是屈辱的美

因为她是 12 月 13 日的月亮

● 婀河

水云间

水

柔情似水的水

随波逐流

云

人云亦云的云

随风而去

水云之间是个人

顶天立地

谈古论今

年

室内

妈妈如春天的温度

妻子如春天的气息

室外

璀璨的烟花

推动时光的年轮

响亮的鞭炮声

震开心中的那扇门

一家走在年的路上

饱览父母妻儿构成的景色

岁月与时间同行

追寻夏秋冬春

巢

想要拥有自己的巢穴
那是坚强者的选择
适应环境
还要抗衡侵略者

没有自己的巢穴
只能四处奔波
眼前安逸
一生劳作

我要有自己的安乐窝
那是我想要的生活
听风儿为我解惑
看大海波澜壮阔

写给春天

受过冰雪的挫折
经过北风的洗礼
有寂寞
也有哭泣
今天你终于再次复活
无声地登上舞台
抛洒芬芳展示美丽
和众英雄惺惺相惜
这是你的天地
你可以尽情地展示自己
当鲜花和掌声为你响起
那是精彩的一场戏
我并不羡慕你
我只是默默地向你学习
也许有一天
你的经历
讲的就是我自己

● 炀 河

对未来的遐想

  基因技术
  为我们插上翅膀
  像白云一样
  自由自在地翱翔
  上班路上
  再也不用急急忙忙

  能源技术
  解决了我们的渴望
  飞向月亮
  让嫦娥姑娘
  依偎在我身旁

  当灵魂拥有遐想
  人类就到达了远方

六 月

六月飘雪
白雾茫茫
有朵小花
雪中绽放
我愿随风而去
仔细把它观赏
只是阳光无情
雪融花枯空幻想

六月流水
叮咚作响
有位少女
在水一方
我愿随波顺流
让她挽住臂膀
只是岁月无情
水在人无，留余伤

● 炀 河

鱼的抗议

谁说鱼没有眼泪
只因心中悲伤太多
化作了湖水

谁说鱼离不开水
只因岸上垃圾太多
迈不开腿

谁说鱼不会飞
只因天空雾霾太多
呼吸很累

何时
天空变蓝
平地变美

期盼
遍地幸福
鱼也能飞

生 活

一条河
一条无时无刻不在流淌的河
一座山
不知能不能登到顶峰
也要爬的山
不可以拒绝
也很难选择
既然不能回头
那就迈开大步向前走
有风，如何
有雪，如何
即使
生活以痛吻我
我也要回报生活——
以歌

● 娲 河

母亲颂

我有一条船
她很大
大到无边无沿
她很小
小得只是一点儿尘埃
这条船
载着我经过惊涛骇浪
载着我领略雪雨风霜
我睁开眼睛
看到的是这条船
我闭上眼睛
拥有的是这条船
青春会衰老
爱情会枯干
只有这条船
永远，永远
我要把所有的赞美
都留给这条船

巴黎圣母院的火

火的热情

让历史倒塌

后人终于有了机会

遗迹也是一种美

有人在为敦煌那摞纸号哭

没了它对不起祖宗

没有的东西多了

麻木太久就渴望翻身

火的温度

让东方有了热情

西提岛上的哥特式建筑

圣母玛利亚敲响警钟

火的爱恨

谁能说得清?